Tullius. Saint-Cé

Mil huit cent quatorze et mil huit cent quinze

outlook

Tullius. Saint-Céran

Mil huit cent quatorze et mil huit cent quinze

Réimpression inchangée de l'édition originale de 1838.

1ère édition 2024 | ISBN: 978-3-38509-523-6

Verlag (Éditeur): Outlook Verlag GmbH, Zeilweg 44, 60439 Frankfurt, Deutschland
Vertretungsberechtigt (Représentant autorisé): E. Roepke, Zeilweg 44, 60439 Frankfurt, Deutschland
Druck (Imprimerie): Libri Plureos GmbH, Friedensallee 273, 22763 Hamburg, Deutschland

MIL HUIT CENT QUATORZE ET MIL HUIT CENT QUINZE,

OU

LES COMBATS ET LA VICTOIRE

DES FILS DE LA LOUISIANE.

POESIE NOUVELLE.

Par Mr. TULLIUS ST.-CÉRAN.

> On n'est plus poète en assemblant des lignes rimées et polies, qui se chantent et se cadencent, si, sous le coloris de l'expression, la pensée ne se révèle pas énergique et vraie.   T. THEARD.

> Que le principe de liberté fasse son affaire, mais qu'il la fasse bien. Dans les lettres, comme dans la société, point d'étiquette, point d'anarchie: des lois. Ni talons rouges, ni bonnets rouges.   V. HUGO.

PRIX $ 3. $= 4 + 1 - 3$

Ce livre appartient à la Postérité

Nouvelle=Orleans.

IMPRIMÉ PAR GAUX & Cie.,

Rue de Chartres, No. 108.

1838.

AUX SOLDATS

De mil huit cent quatorze et de mil huit cent quinze.

———◦◽◦———

Hommes simples et méritants, glorieux défenseurs de nos foyers et de notre liberté, c'est à vous que je dédie cette nouvelle production de ma plume.

Soldats de mil huit cent quatorze et de mil huit cent quinze! vous êtes GRANDS et FORTS! car une poignée de vous, improvisés par leur propre élan, et inaccoutumés à la tactique des armes, ont vaincu dix mille hommes disciplinés, dont la guerre était l'unique métier. C'est que vous n'avez pas été enlever à l'étranger sa patrie et le bonheur, mais que vous avez combattu pour vos droits et vos prérogatives; et, vous le savez, dans les assauts des barricades et de la Liberté, la victoire n'a jamais trahi les efforts du soldat citoyen, et la gloire qu'elle lui prodigue est la seule qui soit véritablement éclatante et éternelle.

Où est le temps où, déchirés par le fer et noircis par la poudre,

vos brillants uniformes se confondaient, sous la tente, avec la veste
de bure de l'honnête et brave cultivateur du Kentucky et du
Tennessée? Où est le temps où, géants, l'on vous voyait aussi
élever vos boulevarts pour triompher d'un ennemi puissant, et
escalader le ciel de la gloire? Ces jours ne sont plus, mais vos
faits ne mourront jamais. Celui qui parcourrait aujourd'hui ce
champ de bataille témoin de votre vaillance et de votre victoire,
n'y trouverait plus la moindre trace de vos pas et de vos travaux.
Au lieu de vos hardis remparts, l'épi couronne aujourd'hui la
place où vous combattiez, et la voix frémissante que lui impriment
les vents ne répète que les faibles échos de vos armes retentis-
santes, de la chevaleresque et enivrante trompette, des cymbales,
des tambours, et des hennissements assourdissants et réitérés de
mille chevaux effarés et frémissants, se cabrant et se ruant çà et
là sur les mousquets et les canons! Hélas! tout s'efface sur la
terre! l'homme et tout ce qui émane de lui! Le sol que nous fou-
lons est semblable à l'aire où le grain, éparpillé par le laboureur,
sèche un moment au soleil, puis disparaît tout à coup pour être
remplacé par de nouvelles moissons. Hélas! tout est transitoire et
fugitif ici-bas! les tombeaux même s'évanouissent! mais la gloire
survit à tout! Fille de la vertu, comme sa mère, et l'âme dont
elle est l'ornement, elle est impérissable, et nous remplace éter-
nellement sur la terre. Et pourtant (oserai-je le déclarer devant
vous, héroïques combattants, qui l'avez courtisée avec tant de no-
blesse et de magnanimité, et qu'elle a si largement dotés de ses
plus rares faveurs?) à l'époque où elle allumait sa brillante au-

réole sur vos fronts, je ne la comprenais pas. C'est que je ne suis pas du nombre de ceux qui ont porté un cœur d'homme dans une poitrine d'enfant. Comme ma virilité, j'ai eu mon adolescence; l'arbre a même long-temps gardé ses fleurs : les fruits n'en ont pas été précoces. Aujourd'hui que je sens tout le prix de la gloire, et que, tel que Mazeppa, elle me tient quelquefois enchaîné sur un coursier effréné qui me traîne en tous sens, à travers mille précipices et mille dangers, je viens, vaillants hommes d'une époque qui réveille un si pompeux souvenir pour tous les cœurs, payer ma dette à ma patrie, et me mêler parmi vous! non pas comme jadis guidé par une curiosité puérile, avec un cœur somnolent et le bras désarmé, mais poussé par un noble enthousiasme, une épée d'une main et une lyre de l'autre, pour prendre, au mugissement de vos canons, mes ébats jusqu'au huit janvier mil huit cent quinze, et ce jour, partager avec vous une palme immortelle!

TULLIUS ST.-CERAN.

QUELQUES MOTS SUR CET OUVRAGE. *illu*

L'amour de la patrie en fut l'entrepreneur; la mémoire, les matériaux; l'imagination, le constructeur. Terme de l'édification : trois jours. Si le monument est défectueux et indigne de la grande pensée qui l'a inspiré, on le verra bientôt s'écrouler de lui-même, et un autre ouvrier, moins impatient, se chargera peut-être alors de le reconstruire, en observant plus religieusement que moi ce précepte de ma muse :

> Pour créer un grand tout qu'on admire long-temps,
> L'ardeur ne suffit pas, il faut encor le temps.

TULLIUS ST.-CERAN.

LE 23 DECEMBRE 1814.

ARGUMENT.

A mon luth. — Nouvelle de l'arrivée de l'ennemi. — Effet que produit cet événement dans la Cité. — Préparatifs militaires de nos citoyens. — Le secours reçu du Kentucky et du Tennessée. — Le départ de nos troupes pour rencontrer l'ennemi. — Le champ de bataille avant l'arrivée des combattants. — Description de la guerre. — Réflexions. — Le combat. — Le VINGT-TROIS, notre plus beau jour de gloire.—La gloire, toujours mensongère et fugitive sans l'assistance de Dieu. — Le lendemain du combat. — La ligne. — Le général Jackson. — La Cité en l'absence de ses citoyens. — Ce qui advient entre les deux camps depuis le vingt-trois Décembre jusqu'au huit Janvier.

LE 23 DECEMBRE 1814.

> . . . . . . the foe is at the gate!
> Awake! awake! BYRON.
>
> Ce *colback* sur mon front! ce sabre à mon côté!
> Allons! ce cheval, qu'on le selle!
> (*Orientale quatrième.*)

I.

Viens, mon luth! Pour chasser la mortelle atonie
Qui glace tant de cœurs pour la noble harmonie, (*)
  Dis les faits glorieux,
Dis les puissants travaux, dis l'illustre victoire
De nos fiers citoyens, gravée en la mémoire
  De l'Anglais orgueilleux !

(*) Patience : un jour viendra peut-être lorsqu'on pourra aussi dire
d'un poète louisianais, comme un critique distingué en parlant d'un
des plus célèbres chantres modernes de la France : " Dans un siècle
" qui prétend n'être point barbare, et où la poésie est cependant

Dis ces temps où du feu nous eûmes le baptême ! ! !

— Je comptais quatorze ans lorsque ce cri suprême

Vint frapper mon oreille et fit bondir mon cœur :

" O patrie! en ce jour, quoi! tu serais soumise

" Aux sbires sur tes bords vomis par la Tamise !

" A ces forbans malheur! "

II.

Tout à coup dans nos mains resplendissent les armes ;

Nos fils, dont la valeur appelle les alarmes,

S'enchaînent au bras fort

Que deux frères-états (*), comme ferait un ange,

Etendent parmi nous, et la noble phalange

Court affronter la mort.

" plus dédaignée que dans les âges de la plus profonde barbarie, où
" L'ESPRIT MERCANTILE ET LA SOIF INSATIABLE DU GAIN étouffent
" l'amour des arts, et fait taire les voix harmonieuses et inspirées
" des nourrissons des Muses, il a osé faire entendre la sienne; et,
" réalisant ce que la Fable nous raconte de ce chantre de Thrace, qui
" savait toucher ce que la nature a de plus dur et de plus sauvage,
" il a forcé les plus insensibles à écouter ses chants, et les plus dé-
" daigneux à les applaudir. "

(*) Le Kentucky et le Tennessée.

N'entendez-vous pas sur la terre
Le bruit que font tous ces guerriers?
Admirez leur mine si fière!
Voyez l'ardeur de leurs coursiers!
Comme un torrent dont l'onde accrue
S'élève, mugit et se rue,
Ces héros, par la grande rue,
Suivent le cours du fleuve-roi.
Mais bientôt l'horizon les voile,
Ils s'éclipsent comme une étoile,
Ou les ombres qui sur la toile
Causent un fantastique effroi.

LE CHAMP DE BATAILLE

AVANT L'ARRIVÉE DES COMBATTANTS.

I.

Le jour fuit : un vampire apparaît dans la plaine,
Il consulte des vents la messagère haleine,
    Qui lui promet ce soir
Qu'un festin luxueux lui paîra la détresse
Que lui fait éprouver le jeûne qui le presse
    Dans son vide manoir.

La Guerre, au ventre creux, déplore la distance
Qui loin d'elle retient encor la jouissance
Qu'elle doit savourer au milieu des combats.
Où sont-ils, elle dit, ceux qu'une folle amorce
Qu'on appelle la gloire, en ce jour pousse et force
    A tomber sous mon bras?

Où sont-ils ? que je boive en ma géante coupe
Leur vie avec leur sang ! où sont-ils ? que je coupe,
    Comme des-loups-cerviers,
Leur chair avec mes dents ! que je jette leurs crânes
Aux corbeaux attirés en noires caravanes,
    Ces maîtres des guerriers !

II.

Que tardez-vous encor quand vous attend la Guerre ?
Venez donc, nobles preux, grossir son ossuaire !
Venez donc : à la Mort vous semblez déjà lents ;
Alluvion humain, venez donc de la fange
Agrandir le sentier pour l'embryon que range
    L'avenir dans ses flancs !

III.

L'arme au bras, les suppôts de l'avide Angleterre
Cheminaient comme fait un pâtre octogénaire
    Qui gagne son hameau :
Ils venaient, confiants, vers notre chère enceinte,
Que, pensaient-ils, bientôt leur livrerait la crainte
    Comme un bêlant agneau.

Non, la crainte ne peut trouver place en notre âme,

Que la liberté nerve (*) et brûle de sa flamme.

Albion, sache donc que nous sommes les fils

De ces FIERS MENDIANTS, ornement de l'Histoire,

Dont les rois garderont long-temps dans leur mémoire

Les sublimes défis !

(*) Ce verbe est très-énergique en anglais ; je ne vois pas pourquoi, dans notre langue, on ne s'en servirait pas, au figuré, avec le même avantage. Il faut éviter le néologisme, mais on doit propager la néologie. — Je connais des hommes, dit Paul Louis Courier, qui sont tellement ennemis du progrès, que, s'ils avaient présidé à la création du monde, se seraient écriés : Mon Dieu, laissez-nous le chaos.

LE COMBAT.

I.

A peine dans les airs, de sa voix qui sanglote,
La cloche a-t-elle fait vibrer huit fois sa note,
    Que le bruit des canons,
Comme fait le tonnerre, éclate, se prolonge,
Et vient réaliser pour nous le plus beau songe :
    Deux fumants bataillons!

Mais la poudre, la nuit, suffit mal au carnage;
Le fer boit mieux le sang! pour dompter force et rage,
    Le glaive est plus certain;
Les éclairs qu'il émet guident notre paupière;
Dans l'ombre, avec une arme, on porte un réverbère,
    Quand il luit à la main.

Il luit donc! on combat: la victoire incertaine,
Comme on voit dans l'autan osciller la carène
      D'un vaisseau sur le roc,
Ou comme deux grands cerfs pour l'amour qui se pressent,
Fait bondir les deux camps, dont bientôt les coups cessent
      Pour un plus puissant choc.

II.

Le VINGT-TROIS fut pour nous le plus beau jour de gloire!
Contre de vieux guerriers, dont le nombre est notoire,
Contemplez de nos fils ce groupe improvisé,
Sans rempart que le cœur, s'élançant dans l'arène,
Pour fouler en lambeaux l'enseigne suzeraine
Où du fier léopard brille l'œil embrasé.

C'est peu que l'ennemi qui se rue et nous presse;
Pour croître le péril, ô fureur! ô détresse!
Un aveugle Destin se gendarme, et son bras
Fait voler d'un vaisseau, qui pour nous flotte et tonne,
Cent boulets sur nos fronts, dont la horde bretonne
Devait seule éprouver le terrible fracas.

Si pour saisir, la nuit, quand l'ombre l'enveloppe,
La face du soldat, Dieu seul n'était myope,
Que de héros, ce soir, dont je dirais le nom !
Leur âme, en ce conflit, exhalait le courage,
Comme l'occulte fleur, l'embaumant héritage
De son calice d'or recouvert d'un buisson.

III.

A genoux! à genoux! Plus la gloire est brillante,
Plus il faut s'avouer qu'une main impuissante
Ne la pouvait fixer sans un pouvoir divin.
Le talent, la valeur, n'enivrent de leur vin
Que ces cœurs aveuglés, dont la prochaine chute
Leur apprend qu'ils sont nuls si pour eux Dieu ne lutte.
A genoux! car la lyre, à l'accord immortel,
Sans l'effort impulsif du puissant ménestrel,
Quels chants verserait−elle aux âmes stupéfaites?
A genoux pour louer le plus grand des poètes!
Celui qui sans chaînons suspendit le soleil,
Et peut seul des tombeaux allumer le réveil!

LE LENDEMAIN DU COMBAT.

I.

Le jour brille sur la vallée,
Et vient présenter à nos yeux
Des résultats de la mêlée
L'aspect horrible et glorieux!
Mais, comme par un bras magique,
Au sein du spectacle tragique
Surgit un hardi bastion!
Le soleil, qui, sur lui reflète
Sa lumière, comme une aigrette,
Surpris, se demande le nom

De tous ceux dont la main, par la foudre lassée,
Réalisa si tôt la sublime pensée
   D'où jaillit ce rempart!
Comme si l'on devrait s'étonner des miracles,
Quand de la Liberté, l'on oppose aux obstacles,
   Le flottant étendard!

Comme un puissant géant qu'ont lassé les alarmes,
Et qui dort étalé sous le poids de ses armes,
La fière barricade, au-dessous des canons,
Attend qu'un jour enfin une grande bataille
Lui vienne demander les noms, l'âge, la taille
De ceux dont elle porte au ciel les pavillons!

Toutefois, de ce roc où bondissent nos braves,
Mieux vaudrait s'acharner à vaincre les entraves
   Que le chef vigilant
Qui, des ailes d'aimant de sa rare prudence,
Couve, comme un condor, la noble impatience
   Du Créole bouillant.

Comme on voit un coursier, affranchi de la bride,
Avilir sa vertu sans un bras qui le guide,
    Que serait le soldat
Sans l'homme qui, pour lui, médite l'avantage,
Précipite ou retient son farouche courage
    Quand mugit le combat?

II.

Mais tandis que le ciel est ici gros d'orage,
Tandis que sur nos fronts, où brille le courage,
Planent incessamment et la foudre et la mort,
Que fait notre Cité, si long-temps esseulée?
Comme Hécube, Orléans courbée, échevelée,
    Se plaindrait-elle aussi du sort

Qui vient, par un duel, dans son âme de mère
Semer le désespoir, et d'un drap mortuaire
Cacher ses cheveux blancs au regard du soleil ?
L'entend-on et pleurer et geindre par avance ?
Déplorer de ses fils l'inutile vaillance
    Quand du choc luira le réveil ?

Non, car Albion seule aurait droit de se plaindre;

Elle seule est Hécube, et du sort doit tout craindre.

Orléans est tranquille, et sait que sur nos pas,

Une vierge immortelle, à Thétis comparable,

Veille : la Liberté! qu'*Achille* est indomptable

    Quand il la suit dans les combats.

III.

Lorsqu'après environ TROIS POMPEUSES SEMAINES,

    La bombe, les rouges boulets

Eurent effectué leur bataille en nos plaines

    Par de trop partiels succès,

Il parut le grand jour qui mit fin aux bravades

    Des projectiles dans les airs;

Le grand jour de l'épée, au front des barricades!

    Le jour des célestes concerts!

Des *houra!* des *vivat!* le jour de la victoire

    Des enfants de la Liberté!

Dont les frères, depuis, dans TROIS SOLEILS DE GLOIRE,

    Ont rappelé la *puberté!*

LE 8 JANVIER 1815.

ARGUMENT.

Réflexions sur le champ de bataille, avant l'arrivée de l'ennemi.
— La vanité, la faiblesse et la triste condition de l'homme.
— L'ennemi quitte sa position pour venir assaillir nos remparts.
— Réflexions sur la brume qui le favorise. — Ses manœuvres
pour attaquer. — Il se découvre enfin à notre vue. — La bataille. — La victoire. — Sur nos soldats tués dans cette journée.
— Notre admiration manifestée encore pour ce Suprême Pouvoir, sans l'appui duquel rien de grand et de glorieux ne sau-
rait s'effectuer parmi nous. — A la France. — Sur la gloire
conquise par nos citoyens le 8 Janvier. — Ceux dont nous
sommes les dignes rejetons.

LE 8 JANVIER 1815.

LE CHAMP DE BATAILLE.

Malheur à toi, reine des eaux,
A toi, qui, sur des mers nouvelles,
Fais retentir comme des ailes
Les voiles de mille vaisseaux!

LAMARTINE.

. . . . The army broken,
And but the backs of Britons seen, all flying
Through a strait lane.

SHAKSPEARE.

I.

L'alouette a déjà salué la Nature,
Dont Janvier a blanchi la blonde chevelure;
La grive dans les champs picore son repas;
De son aire, parfois, la rapace corneille
Dresse, comme un serpent, son cou, puis tend l'oreille
Vers l'endroit où la faim lui montre des soldats.

Le fleuve suit son cours; sa vague qui murmure
Vient encore assombrir la sinistre peinture
De ces lieux désolés par le triste aquilon.
Il fuit, et, comme lui, pour un séjour plus vaste,
Disparaîtront bientôt, dans une heure néfaste,
Ceux qui ne verront plus au printemps ce vallon!

O faiblesse! ô néant! et l'homme se dit libre!
Lorsque, pour maintenir l'éternel équilibre,
Son maître, qui le suit, qu'on nomme événement,
De sa hache toujours fait crouler en poussière
Ses suprêmes projets, et change en cimetière
L'Eden qu'il savourait dans son aveuglement!

II.

Albion, lève-toi! fuis ta sombre retraite;
Qu'à ton inaction t'arrache la trompette;
     Viens enfin parmi nous!
Ose enfin approcher, que dans nos mains le glaive
Déchire les tissus irisés de ton rêve (*),
     Et courbe tes genoux!

(*) Les Anglais, comme nous l'avons déjà dit, ne doutaient nullement d'une conquête qu'ils croyaient si facile.

Ne fais pas plus long-temps mentir ton origine;
Sur son roc infécond, un oiseau de rapine,
    Le farouche vautour,
Malgré l'autan qui bruit au front de la Nature,
N'ose-t-il pas toujours, pour saisir sa pâture,
    Descendre de sa tour?

Lève-toi, car vraiment la fête sera belle
Revêts, comme ferait la jeune demoiselle,
    Tes habits, tes joyaux.
Si ce jour le soleil nous cache sa lumière, (*)
La mort allumera son flambeau funéraire:
    Ses feux sont aussi beaux!

Mets ta veste de sang, et prends ta baïonnette;
Ce sabre large et court, au besoin, qui se prête
    A ton mousquet pesant;
Saisis ton yatagan, serpent de fer d'Asie,
Ta poudre, ton *rogum*, divine poésie
    D'un démon bondissant.

(*) Tout le monde sait que le 8 janvier 1815 le ciel était très-nébuleux.

Hâte-toi ; car déjà la hautaine Bataille
Se pavane en la plaine, et de toute sa taille
    Contemple les deux camps.
Es-tu prête? Eh bien donc, déroule ta bannière.
Car entends bruire au loin et la voix du tonnerre
    Et celle des volcans!

III.

Comme on voit d'un taillis que la flamme dévore,
S'élancer effarés tigre à poil tricolore,
    Noir chacal, rouge élan,
Ainsi l'Anglais soudain s'élance de sa tente ;
Avec un œil en feu qui roule l'épouvante,
    Il poursuit son élan.

Pour la scène où se doit déployer son audace,
D'un seul bond, dans sa course, il franchit tout espace;
    Il est près des remparts
Où l'on voit parader, sous un ciel noir qui fume,
Nos soldats, qui sont loin de rêver que la brume
    Porte ses étendards!

Dans un nuage épais qui voile la paupière,
Ils ne soupçonnent pas qu'une horde guerrière,
  Comme à Troie, autrefois,
Médite des assauts, harangue son courage;
Que pour eux, en ce jour, le masque du nuage
  Est un cheval de bois!

IV.

Le soleil dort encore, et nous tient dans l'attente;
Comme Achille, il s'obstine à rester sous sa tente,
  Et du ciel toujours noir
Traîne encor le long voile en la douteuse lice,
Comme avant le cercueil, le linceul qui tapisse
  Un funèbre couloir!

Houra! car à son deuil tout à coup la Nature
Mêle enfin un rayon qui perce la tenture,
  Et glisse sur nos fronts!
Houra! car à nos yeux flotte, avec la lumière,
Une mer de mousquets, et frémit la bannière
  De hardis bataillons!

L'océan immense
Disperse le fer
De son flot qui danse
Et qui bruit dans l'air.
La hurlante houle,
Comme au bal, la foule,
S'éparpille et roule
Du vieux fleuve au bois ;
Méprisant l'entrave,
Comme fait la lave,
Ou le peuple brave
Qui punit les rois !

Les tambours résonnent,
Le coursier frémit :
Les drapeaux frissonnent,
La terre gémit :
L'officier commande,
Et sa noble bande,
Immortelle offrande !
Dessine le rang.
Chacun à sa place,
Arbore la face,
La pause et l'audace
D'un fier conquérant.

LA BATAILLE.

I.

Allons, You, prends ton foudre, et toi seul fais la guerre!
Transforme, pour l'épée, en modeste clairière
    Cette humaine forêt
Dont s'étale à nos yeux la superbe opulence;
Que chaque arbre, ébranlé, sente, par ta science,
    La hache du boulet.

Canaris (*), hâte-toi; qu'au sein de la bataille
Les capitans-pachas, quand tonne ta mitraille,
    Dansent sous ton tromblon;
Bisson, que Navarin atteste ta puissance;
Que la flotte ottomane, au choc de ta vaillance,
    N'offre plus qu'un ponton.

(*) Ceux qui savent que le brave Dominique You était un homme de mer, ne s'étonneront pas de me l'entendre nommer ici Canaris ou Bisson.

II.

C'en est fait, car partout l'ennemi se replie :
Le bras fort du canon le disperse et le plie
    Comme un souple roseau.
Quelques soldats debout, dont l'âme encor nous brave,
Simulent ces piliers oubliés par la lave,
    Quand mugit son flambeau.

Houra ! de nos remparts ils tentent l'escalade ;
Voyez-les se ruer, saisir la barricade !
Voyez-les avec nous, par un effort puissant,
Face à face, et du fer défiant la tempête,
Comme un beau lis en pleurs, jasper la baïonnette
Et les neigeux plumets, au carmin de leur sang !

Tel que le flot qui fuit et revient, dans l'orage,
Se cramponner au roc qui sourit à sa rage,
    Et le rejette aux cieux,
L'Anglais infatigable, en sa terrible charge,
Cent fois recule et vole au mur qui lui décharge
    Mille coups furieux.

III.

Mais enfin, sous nos bras, tout s'enfuit, tout s'écroule!
La victoire est à nous! comme une haute houle
Que porte au front la mer quand bondit son courroux,
Grandit, mugit, chancelle et s'écrase en poussière,
Ainsi choit à nos yeux cette horde guerrière,
Et la gloire et la paix planent seules sur nous!

IV.

Honneur à nos héros qu'a vus tomber cette aube!
Un ange, pour linceul, les dota de sa robe:
    La Victoire assouplit,
Embauma son étole, et jeta le suaire
Sur ces fils à jamais immortels, que la terre
    Sent sourdre de son lit!

O la mort du soldat! ou la mort de Socrate!
De la gloire : il m'en faut! Se peut-il qu'on combatte
    Pour un lustre erroné?
Quoi! TRENTE ANS m'ont dit: vis! sans que pour ma patrie,
Quand trois fois le Duel fouilla ma chair meurtrie,
    Le fer m'ait blasonné!

Est-il rien d'aussi beau? c'est la gloire émaillée
Qu'une blessure au flanc conquise en la mêlée
       Sur l'épée ou le feu!
O que tout autre orgueil pour mon cœur est factice,
Lorsque du fier guerrier paraît la cicatrice,
       Comme un astre au ciel bleu!

Je ne suis pas LABORDE! (*) ou SOCRATE! et, vulgaire,
Il faut, quand je mourrai, que je sois tout poussière!
       Que jamais à mon nom
Un cœur haut, un poète, en un noble délire,
Saisisse tout à coup la trompette ou la lyre
       Pour vanter mon renom!

(*) Carabinier louisianais tué sur nos remparts par un obus. Je vois encore ce jeune Français sous son linceul militaire, reposant à mes pieds sur le dur oreiller de l'honneur! Ce fut le brave Auguste Douce, dont la conduite héroïque fut si généralement admirée par l'armée, qui me montra le corps de Laborde. Tullius, me dit-il, que venez-vous chercher ici à votre âge? Tenez, voyez! Et il me découvrit ce front pâle et sanglant, où, aux ombres de la mort, se mêlait l'ombre des bombes et des congrèves, qui, comme de noirs vautours prêts à fondre sur leur proie, se balançaient en ce moment sur nos têtes. Ce tableau restera toujours gravé dans ma mémoire. Il y a

Un grand nom! encor que le vin brise la coupe!

Bien qu'à trente-cinq ans, sur la hideuse croupe

De son pâle coursier,

La Mort ait mis BYRON! Lafayette et Pindare:

Pour la Grèce éveillant le glaive et la cithare:

Double front d'aigle altier!

C'est en vain qu'on dira qu'en leur étroite bière,

Qui dépasse en largeur le plus grand cimetière,

Sur leur tempe en lambeaux,

Byron et Washington, au prix de tant de gloire,

Ne voudraient pas sentir glisser, dans la NUIT NOIRE

Le ver froid des tombeaux!

déjà vingt-quatre ans de cela! Ah! où est cette époque? où est mon jeune âge? qui me rendra la douce rosée de mes fraîches années! Quelque horrible que soit l'aspect de la mort, le masque de la vieillesse me semble encore plus effrayant, et je trouve que l'auteur de *Childe-Harold* est presque excusable lorsqu'il s'écrie :

> Oh! talk not to me of a name great in 'story;
> The days of our youth are the days of our glory;
> And the myrtle and ivy of sweet two-and-twenty
> Are worth all your laurels, though ever so plenty.

A ce prix, pour mourir, l'âme au sublime en proie,
En larges traits de feu, qui de nous, avec joie,
    N'inscrirait pas son nom?
Que la gloire pour moi cesse d'être un vain songe,
Et je battrai des mains ma tombe qui s'allonge
    Demain, au Panthéon!

V.

Albion, que dis-tu, vieille reine si fière,
Quand dans l'Américain ta jalouse paupière
    Découvre un fils si grand?
Va, ce peuple est à toi ce qu'était à Philippe
Alexandre: à Necker, sa fille, prototype
    Du génie enivrant.

VI.

Reconnaissons encor l'éternelle PUISSANCE
Qui des combats, pour nous, a ployé la balance!
C'est celle qui, jadis, à l'heure du danger,
Fit crouler un géant par le bras d'un berger;
Celle vers qui Turenne élevait sa paupière
Quand sonnait le clairon et mugissait la guerre;

Celle qui, dans ces jours qu'elle planait sur lui,

Fit qu'un JEUNE SOLDAT, quand son glaive avait lui,

Voyait fuir et les monts et les rois de la terre!

Celle qui nous fait aigle ou moucheron vulgaire:

Maître orgueilleux du monde à Lutzen, Ulm, Friedland!

Et l'esclave de LOWE, en un bouge, râlant!

VII.

France, tu combattis avec nous côte à côte!

Qui peut dire un assaut dont tu ne fus pas l'hôte?

Ou, sans ton noble aspect, un délirant festin?

Comme Homère a dépeint ce faux dieu du tonnerre,

Tes enfants sont partout où bruit un cimeterre,

Et partout où d'Hébé sourit le front divin.

Large et belle est leur part dans la gloire immortelle

Dont Janvier sur nos fronts secoua l'étincelle!

On eût dit qu'en leur cœur pressentant Waterloo,

Ils voulussent ce jour, sur l'Anglais, par avance,

Décharger tout le poids de leur juste vengeance,

Pour que du Mont Saint-Jean s'effaçât le tombeau!

Mais le serpent tronqué conserva sa morsure,

Et la France éprouva sa géante blessure.

De son généreux sang le monstre but les flots!

Des traîtres vers son cœur ont guidé le reptile:

Des *héros* enfantés par son ventre fertile,

L'ont livré pour de l'or aux poignards des bourreaux!

Pour prix de leur forfait, poète, je les voue

A des tourments sans nom: qu'Ixion, de sa roue,

Tantale de sa soif, Sisyphe de son roc

Les chargent à la fois pour croître leur angoisse!

C'est peu: qu'un glaive ardent à toute heure les froisse;

Qu'on les entende enfin sous tant de maux en bloc

Crier : " Grâce, ô patrie! apaise ma souffrance;

" Détourne de mon flanc ta terrible vengeance. "

Malheur au fils ingrat qui lie au pilori,

De son infâme main une mère adorable!

L'enfer est pour ce monstre un séjour délectable;

Quand il l'a fait râler, moi, je dis qu'il a ri!

Et la honte! ô la honte elle seule résume
De tous maux inouis l'indicible amertume.
Comment lever un front où pèse un déshonneur?
O la honte! elle est lourde à porter pour la tête!
Du monde, alors, les yeux sont comme une lancette
Qui perce le plastron et vient piquer le cœur.

VIII.

Mais, dans son cri vengeur, où s'égare ma lyre?
Quand je peins nos combats, mon digressif délire
    Me doit-il emporter
Sur les pas des bourreaux pour souiller mon cantique?
J'ai nommé Waterloo! je dus être excentrique;
    Et la France à chanter

M'a dû faire oublier Aristote et sa règle.
Alors un beau transport est le rhéteur qui règle
    Et ma voix et mes chants.
Et puis, vanter la France et les faits de nos pères,
N'est-ce pas dérouler des pages pour nous chères,
    Et parcourir des champs

Couronnés de lauriers, de palmes immortelles,
Dont l'Histoire a cent fois sur nos têtes nouvelles
       Prolongé le reflet?
Préconiser la France et son renom suprême,
Pour tout cœur noble et fier, n'est pas changer de thème:
       C'est grandir mon objet!

Maintenant que mon luth a fouetté de sa corde
Les Bourmont, les Marmont, et la hideuse horde
       De leurs pairs avilis,
Je reviens, mon pays, à ta noble victoire,
A ces premiers exploits par qui tu vis l'Histoire
       T'enrôler dans ses plis.

IX.

     Oui, nos fils, de la Gloire
     Ont tous bien mérité!
     JANVIER sera notoire,
     Quand la postérité,
     Comme à tâtons, dans l'ombre,
     Sous un suaire sombre,
     Cherchera le grand nombre

Des exploits du héros
Dont le bras arbitraire,
Comme le frêle lierre,
A fait plier la terre
Sous le poids des tombeaux!

Car ce sont bien les fils de ceux dont l'âme fière
Portait la liberté pour toute boutonnière
    Et tous dorés cordons:
Des géants qui riaient, quand parfois à leur vue
Un laquais paraissait la poitrine pourvue
    De ces riches haillons.

Ils avaient sous leurs pieds écrasé tant de têtes
Où l'on n'eût pu compter les nombreuses facettes
    D'un rare diamant,
Qu'ils savaient que le fer peut seul fixer la gloire,
Que des Républicains aspirant à l'Histoire,
    C'est le noble ornement!

A MON PAYS.

A MON PAYS.

Il est bien doux le ciel de l'Italie,
Mais l'esclavage en obscurcit l'azur.

BERANGER.

J'ai dit, ô mon pays, et vais poser la lyre.
C'est toi qui m'inspiras mon sublime délire
    Et ces guerriers accords!
Si tu n'es pas ma mère (*), ô terre hospitalière,
Tu reçus mon enfance, et ma jeune paupière
    S'embrasa sur tes bords!

C'est peu d'avoir trente ans de ta riche mamelle
. Nourri mon flanc mortel; une dot plus réelle
    Te répond de mon cœur:
Tu versas, tu pris soin d'infiltrer dans mon âme
Le lait pur du savoir, qui grandit cette flamme
    Dont tu vois la lueur.

(*) Je répèterai ici que je suis né à la Jamaïque.

Aussi, dans tous mes chants, qui sont ton tabernacle,
Ta haute image est là pour conjurer l'obstacle,
    Et réchauffer ma voix.
Toujours le vers dit oui quand je dis : ô patrie !
Son rhythme s'assouplit, et bientôt je m'écrie,
    En vantant tes exploits :

O mon pays ! jouis des hautes destinées
Qu'entasse incessamment le nombre des années
    Sur ton sol si fécond !
Vois partout l'industrie, affluant sur ta rive,
Secouer de ses bras, pour ta gloire hâtive,
    Le germe de son front.

L'univers, qui, toujours, pour contempler ta face,
Sur un bois façonné, franchit le vaste espace
    Des flots tempêtueux,
S'étonne quand il voit, tous les ans, sur ta tête
S'étendre avec l'épi ta riche bandelette
    De créneaux orgueilleux !

Frère aimé de la France, elle maintient ta gloire;
Aussi de ses bienfaits tu gardes la mémoire:
   Ses enfants sont les tiens.
Ce sont eux qui des arts en brisant les écluses,
T'inondent des trésors butinés par les Muses,
   Qui dorent tous les biens.

Ce sont eux qui t'ont dit: "Prends mon bras, car la fange
" Messied trop aux destins, aux épaules d'un ange:
   " Qu'on vante tes travaux!
" Lève-toi! nous voulons que ta robe soit belle:
" Pour ton front, où déjà l'avenir étincelle,
   " Surgiront des châteaux.

" Il faut que de Paris, de Londres, de Lisbonne,
" Les cartes de visite, en forme de couronne,
   " Ceignent l'intérieur
" D'un riche monument, l'asile du commerce,
" Miroir où l'étranger de souvenirs se berce,
   " Et rêve le bonheur!

" Comme un aigle éployé sur son aire éternelle,

" Un Français distingué, de sa vive prunelle

" Couvera ces apprêts;

" Périclès de ces bords, pour la nouvelle Athène,

" Quand sa voix se taira dans l'éloquente arène,

" Il créra des palais! (*) "

Jouis, ô mon pays! de ta dot immortelle;

Savoure le présent, et l'avenir, dont l'aile

Peint déjà l'horizon

De ce beau ciel d'azur dont se coiffe ta tête;

Où la nuit danse et rit l'opulente paillette,

Le jour, brûle un brandon

(*) Monsieur Pierre Soulé. — C'est avec joie que j'ai vu mon sujet m'offrir encore l'occasion d'exalter le mérite de cet homme, si justement renommé comme orateur et comme citoyen, en attendant qu'à Paris, les plus dignes panégyristes des Berryer et des Laffitte, fassent un jour vibrer et retentir en son honneur, au lieu d'une strophe insuffisante et éphémère, un hymne monumental et glorieux, empreint de génie et d'immortalité.

Qu'enfume dans son vol la grondante matrice
Du ponton qui des vents a dompté le caprice,
      Androgyne vaisseau !
Mère et fils du progrès, ton messager fidèle,
A qui dix bois en croix pour pied donnent une aile :
      Mercure fait bateau !

Jouis, ô mon pays, de tes prérogatives ;
Savoure le présent, jouis des perspectives
      De ton riche horizon.
Un fleuron te manquait pour compléter ta gloire :
L'Anglais vint, et tu vis une noble victoire
      Vernisser ton renom.

Libre et fier, et les pieds trempés dans ton grand fleuve,
Dont l'onde de trésors pour toi n'est jamais veuve,
      Au sein de tes entours,
Tu simules l'aspect d'un beau cygne au rivage,
Qui règne dans la paix, mais lorsque vient l'orage,
      Triomphe des vautours !

FIN.

Milton Keynes UK
Ingram Content Group UK Ltd.
UKHW032328221024
449917UK00004B/308

9 783385 095236